AF395118

Russian Hostage 4

Flucht aus Russland

Olga Pizda

*Dies ist eine frei erfundene Geschichte.
Ähnlichkeiten mit real existierenden Personen sind
zufällig und nicht beabsichtigt.*

Inhaltsverzeichnis

Lena wurde entführt, verführt und an andere
Kerle verliehen. Nun soll sie verkauft werden.
Doch einer ihrer Entführer will dem
hübschen Mädchen helfen ...

Fluchtpläne

Mit einem mulmigen Gefühl verlässt Lena Viktors Büro wieder und begibt sich auf die Suche nach Vitali. Sie schaut in seinem Büro nach, kann ihn aber nicht entdecken. Danach läuft sie in die Küche, aber auch da ist er nicht. Sie läuft zwei mal das ganze Haus ab, aber es fehlt jede Spur von ihm. Bis sie sich daran erinnert, dass sie selbst als verschwunden galt, als sie friedlich in der Bibliothek gesessen hat.

Zielstrebig läuft sie auf die schwere Holztür zu und findet Vitali tatsächlich mit einem Buch in der Hand auf einem der Ledersessel.

«Hallo», sagt sie schüchtern und sieht, dass er ein weiteres Buch ihres Lieblingsautoren liest, was sie zum Lächeln bringt.

Verwundert schaut er auf, als er ihre Stimme hört.

«Hallo Lena, was kann ich für dich tun?», fragt er.

«Ich war gerade bei Viktor und er hat mir gesagt, dass er mich in den nächsten Jahren wohl nicht nach Hause lassen kann. Danach hat er ganz schnell das Thema gewechselt und wieder mit dieser Reise mit Thomas angefangen. Da kamen mir deine Worte in den Sinn und langsam habe ich die Befürchtung, dass du Recht haben könntest. Bekommt er schon Geld dafür, dass er mich mit Thomas mitgehen lässt?», will sie von ihm wissen.

Vitali schaut sie ruhig an und nickt anschließend.

«Ja, Thomas bezahlt ziemlich viel für dich», antwortet er.

«Und danach?»

«Danach will er deine Ausbildung als Sexsklavin weiterführen. Sein eigentlicher Plan war, dich an den höchstbietenden zu verkaufen, aber vielleicht behält er dich auch und leiht dich nur aus. Je nachdem, was lukrativer für ihn ist.»

Lena muss sich hinsetzen, als sie erfährt, in was sie da rein geraten ist. Allein bei den Worten «ausleihen» und «verkaufen» wird ihr schlecht. Sie ist doch keine Ware, die man einfach an andere Menschen verleihen oder verkaufen kann.

«Ich wollte dir das schon viel früher sagen, aber ich hatte Angst, wie du reagierst. Dass du einfach abhauen könntest, ohne dir einen Plan zu überlegen. Aber dann würde dich einer seiner Männer auf jeden Fall umbringen. Du musst dir wirklich gut überlegen, wie du von hier wegkommst», sagt er und sieht, wie Lenas Augen sich mit Tränen füllen.

«Kannst du mir helfen?», fragt sie verzweifelt.

«Ja, aber vor der Reise wird sich keine Gelegenheit ergeben. Aber ich werde mir etwas überlegen», sagt er und nähert sich Lena vorsichtig. Die sitzt auf dem kleinen Sessel und kann noch immer nicht glauben, was ihr Vitali gerade erzählt hat. Vor ein paar Wochen ist ihre größte Sorge gewesen, wie sie den Kellnerjob und das Studium unter einem Hut bekommen soll, um genug Geld zu verdienen, damit sie endlich ausziehen kann. Plötzlich muss sie sich darüber Gedanken machen, wie sie von einem Menschenhändler flüchten kann und dabei nicht umgebracht wird.

Vitali setzt sich neben sie auf die Lehne des Sessels und würde sie gerne berühren, ist sich aber nicht sicher, ob der Arm eines Fremden, der auch noch dafür gesorgt hat, dass sie hier landet, jetzt das Richtige wäre.

Aber Lena lehnt sich von selbst gegen ihn. Sie möchte unbedingt in den Arm genommen werden und Vitali ist die einzige Person im Haus, der sie vertraut.

Vorsichtig legt Vitali seinen Arm um ihre Schulter, woraufhin Lena sich noch dichter an ihn schmiegt und ihre Arme um seinen starken Rücken schmiegt. Sie hält sich an ihm fest, während er ihr über den Rücken streicht. Für Lena fühlt es sich richtig an, weil sie sich wohl bei ihm fühlt und auch Vitali genießt ihre Nähe und Wärme.

Die beiden bleiben für einen Moment so sitzen, bis sich Lena langsam wieder von ihm löst. Sie schaut ihn mit nassen Wangen an.

«Bitte hol mich hier raus», sagt sie, bevor sie ihren Pulliärmel nimmt und sich die Tränen abwischt.

«Das werde ich. Ich verspreche es dir», erwidert er und schaut zu, wie Lena sich langsam wieder aufrafft und aus der Bibliothek verschwindet.

Anschließend legt er das Buch weg und kehrt zurück in sein Büro. Viktor hat ihm bereits alle Reisedaten zukommen lassen, damit er eine sichere Route planen kann. Sie sind dabei immer in Begleitung eines Fahrers, der sie erst Zuhause abholt und dann zum Flughafen bringt.

Da Viktor eine Privatmaschine besitzt, gibt es auch dort keine Gelegenheit, um zu flüchten. Am Flughafen in Südfrankreich warten dann Thomas Männer auf die Beiden und wenn sie erstmal auf dem Schiff sind, wird es auch keine Möglichkeit zur Flucht geben. Eventuell nachts, wenn alle so betrunken, vollgedröhnt und geil sind, dass sie sich nur noch auf die anderen Frauen konzentrieren können. Aber dann wären sie mitten auf dem Meer, was eine Flucht erschwert.

Vitali geht noch einmal den Reiseplan durch, in der Hoffnung, dass sich auf der Hinreise etwas ergeben könnte, aber es scheint aussichtslos zu sein. Lena muss die Reise wohl oder übel antreten und darf sich dabei auf keinen Fall etwas anmerken lassen.

Bevor er aufstehen kann, um ihr davon zu berichten, öffnet sich seine Tür und Viktor kommt herein.

«Hallo Vitali, ich wollte kurz mit dir sprechen», sagt er und Vitali versucht die Reiseunterlagen zu verstecken, aber da hat Viktor sie schon entdeckt.

«Ah gut. Darüber wollte ich reden. Es gibt ein paar Änderungen. Ihr fahrt morgen schon los. Der Fahrer bringt euch morgen früh zum Flughafen. Thomas will Lena für vier Tage statt nur zwei haben. Er will unterwegs in einem Hafen anlegen und sie dann mit zu einem Geschäftspartner nehmen. Du wirst natürlich mitkommen und auf sie aufpassen», erzählt er ihm. «Du solltest packen. Ich sage Lena Bescheid.»

Vitali erwidert nichts und schaut sprachlos zu, wie sein Boss den Raum verlässt. Bis morgen kann er sich unmöglich einen Plan überlegen. Vielleicht muss er es spontan machen, aber das wäre zu riskant. Wenn sie erstmal geflüchtet sind, dann bräuchten sie nicht nur ein Auto, sondern auch eine Unterkunft in der sie sich verstecken können. Er steht daher auf und läuft in sein

Schlafzimmer, um seinen Koffer zu packen und hofft auf einen Geistesblitz.

Mit zittrigen Beinen ist Lena zurück auf ihr Zimmer gelaufen, bevor sie sich dann auf ihr Bett gelegt hat, um die Decke anzustarren. Sie weiß nicht, wie sie sich verhalten soll, vor allem nicht Viktor gegenüber. Aber wahrscheinlich hat Vitali Recht. Sie sollte sich auf keinen Fall anmerken lassen, dass sie Bescheid weiß, damit er sie weiterhin frei herumlaufen lässt. Am Ende landet sie noch in einem Kellerverlies oder in einem Käfig und eine Flucht wäre dann unmöglich.

Sie atmet tief durch, rafft sich auf und beschließt gerade duschen zu gehen, als es plötzlich an der Tür klopft. Sie hofft, dass es Vitali ist, der sich einen Plan überlegt hat und ruft sofort «herein!».

Aber es ist Viktor.

«Hallo Lena, ich habe Neuigkeiten für dich», sagt er.

Lena versucht, sich wirklich nichts anmerken zu lassen, aber es ist schwierig, die Fassung zu bewahren und nicht zurückzuschrecken, als er sich ihr nähert.

«Was gibt es denn?», fragt sie betont ruhig.

«Du fliegst schon morgen nach Südfrankreich. Thomas möchte dich ein paar Leuten vorstellen, die er in zwei Tagen besuchen wird. Daher wurde der Plan geändert», sagt er zu ihrem Entsetzen.

Sie hat immer noch die Hoffnung gehabt, dass Vitali sich schnell etwas überlegt und sie gar nicht erst mit auf die Yacht muss, aber das kann sie dann jetzt wohl vergessen.

«Ich wollte mit dir auch noch über Thomas reden. Er kann ein sehr strenger Mann sein. Aber du musst keine Angst haben. Mach einfach, was er will», sagt Viktor und kommt Lena noch ein Stückchen näher.

«Machst du das? Für mich?», fragt er und schaut sie dabei an. Lena nickt und würde ihm am liebsten die Hand wegschlagen, die sie jetzt am Arm berührt.

«Ja, das mache ich», erwidert sie und hofft, dass er damit zufrieden gestellt ist.

Aber seine Hand wandert stattdessen runter zu ihrem Po und packt ihn fest zu. Danach dreht er sie mit einer schnellen Bewegung um und drückt Lena auf das Bett, so dass er direkt hinter ihr steht.

«Zeig mir, dass du alles für mich machst. Zieh dich aus», fordert er sie auf.

Lena will sich zunächst dagegen wehren, denkt dann aber wieder an Vitalis Worte. Langsam zieht sie sich daher den Pullover über den Kopf, öffnet ihren BH und streift sich anschließend die Hose und den Slip herunter. Noch immer steht Viktor hinter ihr und starrt auf ihren nackten Arsch, der sich ihm entgegenstreckt.

Er lässt seine Finger durch ihre Spalte fahren und schiebt dann zwei tief in ihre Muschi. Obwohl Lena ihm gegenüber nur noch Hass und Verachtung empfindet, wird sie durch seine Worte und Berührungen automatisch nass, was auch Viktor nicht entgeht.

«Mhhh … das scheint dir zu gefallen», sagt er, zieht seine Finger raus und drückt sie ihr stattdessen tief in ihr enges Arschloch, was Lena zum Aufstöhnen bringt.

«Das klappt ja immer besser», stellt er zufrieden fest.

Sie hört, wie er sich die Hose öffnet und nur wenig später zieht er sie in seine Richtung, damit sie seinen harten Prügel mit dem Mund bearbeiten kann. Viktor schiebt seinen

Schwanz so tief wie möglich in ihren Hals und genießt den Anblick.

«Du lernst schnell», lobt er sie, drückt ihren Kopf noch tiefer auf seinen Prügel und lässt sie anschließend wieder los.

Danach drückt er sie auf den Rücken, zieht sie an den Beinen näher zu sich und beginnt wieder mit seinen Fingern ihre Muschi zu bearbeiten.

Lena kann nicht anders als zu stöhnen. Es fühlt sich immer noch gut an und insgeheim hofft sie darauf, dass er sie gleich ficken wird.

Gierig starrt sie auf seinen Schwanz, den er jetzt in der Nähe ihres Schrittes hält, aber statt ihn in ihre nasse Pussy zu drücken, setzt er ihn an ihrem gedehnten Arsch an.

Langsam drückt er seine Spitze in sie und lässt den Rest mit einem kräftigen Stoß folgen, der Lena erneut zum Stöhnen bringt.

Viktor greift nach Lenas Hand und legt sie auf ihren Kitzler.

«Fass dich selber an», befiehlt er ihr und sie fängt an ihre Klit zu reiben.

Er hält sie daraufhin an den Oberschenkeln fest, schaut dabei zu, wie sie sich selbst befriedigt und fickt dabei ihren engen Arsch.

Obwohl Lena nach wie vor wütend auf ihn ist, gefällt es ihr. Es macht sie an, dass er sie fickt und dabei gierig zuschaut, wie sie sich selbst den Kitzler reibt. Sie spürt, dass sich ein Höhepunkt in ihr zusammenbraut und reibt etwas schneller. Sie schließt die Augen, konzentriert sich nur noch auf die harten Stöße durch Viktor und die Stimulation an ihrer Perle bis das warme Gefühl des Orgasmus ihren Körper durchströmt.

Viktor lässt ihre Beine los und schiebt zwei Finger tief in ihre zuckende Muschi, was sie zusätzlich zum Stöhnen bringt. Noch ein paar Mal stößt er seinen Schwanz tief in ihren Arsch, bis er ebenfalls kommt.

Erschöpft bleibt Lena auf dem Rücken liegen und öffnet langsam wieder ihre Augen. Viktor zieht sich aus ihr zurück, zieht sich wieder an und schaut zufrieden zu ihr runter.

«Du wirst bestimmt keine Probleme mit Thomas bekommen. Du bist ein braves Mädchen. Gute Nacht, Lena», sagt er und plötzlich spürt sie das altbekannte Gefühl, wenn er sie lobt. Sie fühlt sich wieder stolz, was sie verwirrt. Sie sollte ihn hassen, nicht seine Anerkennung bekommen wollen.

Schnell läuft sie ins Bad, um sich bettfertig zu machen und packt anschließend ihren Koffer für die bevorstehende Reise. Sie hat gemischte Gefühle bezüglich der Reise und ihrer geplanten Flucht. Eigentlich möchte sie noch nicht nach Hause. Sie mag Viktor nach wie vor und auch welches Gefühl er ihr gibt, andererseits weiß sie natürlich auch, dass er sie nicht mag und sie nur benutzen will, um möglichst viel Geld mit ihr zu verdienen. Sie kann sich ihr altes Leben Zuhause mit ihrer Familie und der Uni aber auch nicht mehr vorstellen.

Noch einmal geht sie ihren Kleiderschrank durch und berührt all die feinen Stoffe mit ihren Fingern. Vielleicht kann sie Viktor ja zu irgendeinem Deal überreden? Sie könnte ihm erzählen, dass sie Bescheid weiß, aber gerne für ihn arbeiten würde, wenn alles so bleibt, wie es ist.

«Das ist eine gute Idee!», denkt sie sich und schmeißt ihre neuen Bikinis in den Koffer, als es wieder an der Tür klopft.

Dieses Mal ist es Vitali, der sie mitleidig anguckt.

«Ah, du weißt schon Bescheid, dass es bereits morgen losgeht», sagt er, als er einen Blick auf ihren Koffer wirft.

Er merkt, dass Lena fröhlich wirkt und nicht mehr so niedergeschlagen ist wie noch vor einer Stunde.

«Ich habe mir das noch mal mit der Flucht durch den Kopf gehen lassen», sagt sie schließlich und guckt in Vitalis verwundertes Gesicht.

«Vielleicht habe ich es hier doch ganz gut. Viktor behandelt mich gut, ich habe schöne Kleider und kann mich auch frei bewegen. Vielleicht sollte ich ihm sagen, dass ich über seine Pläne Bescheid weiß und ihm stattdessen einen Deal anbieten? Also dass ich es freiwillig mache und alles so bleibt, wie es ist?», sagt sie voller Überzeugung, dass es klappen könnte.

Vitali schaut sie sprachlos an, bevor er sich dann neben sie setzt und sie zwingt ihn anzuschauen.

«Du kennst Viktor nicht. Er lässt sich auf keine Deals ein. Entweder es läuft nach seinen Regeln ab oder gar nicht. Und wenn er weiß, dass du seine Pläne kennst, dann wird er herausfinden wollen, wer dir das erzählt hat und am Ende wird er nicht nur dafür sorgen, dass du in einem Käfig gehalten wirst, sondern auch ich», sagt er ruhig.

Er kann noch immer nicht glauben, wie naiv Lena ist und dass sie noch immer nicht begriffen hat, bei was für einem Mann sie gelandet ist.

«Glaub mir, Viktor hat kein Interesse daran, dass es dir gut geht. Wenn deine Ausbildung abgeschlossen ist, wird er dich verkaufen oder nach Herzenslust verleihen, während ein anderes Mädchen dein Zimmer beziehen wird. Du wirst dann nur von Käufer zu Käufer wandern und nicht die gleichen Freiheiten genießen können, die du jetzt noch hast», sagt er und hofft sie damit zu überzeugen. Aber Lena will das gar nicht hören. Sie glaubt nicht, was Vitali ihr da erzählt und denkt, dass er selbst nur nach einer Möglichkeit sucht, um von hier zu verschwinden.

«Ich bin müde und würde jetzt gerne schlafen», sagt sie und schickt ihn damit nach draußen.

Sie packt ihre restlichen Sachen und legt sich dann schlafen.

Fassungslos verlässt Vitali Lenas Zimmer. Er kann nicht glauben, dass sie Viktor tatsächlich so sehr verfallen ist, dass sie auch nur in Erwägung zieht, länger zu bleiben, obwohl sie seine Pläne kennt. Er hält aber weiterhin an dem Plan fest, mit ihr zu verschwinden, da er sich sicher ist, dass sie es sich anders überlegen wird, wenn sie erstmal ein paar Tage mit Thomas verbringt und ihr langsam bewusst wird, was sie in der Zukunft erwartet.

Er stellt sich seinen Wecker und fällt erneut in einen unruhigen Schlaf.

Direkt nach dem Frühstück geht es los und ein Fahrer bringt ihn und Lena zum Flughafen, wo Viktors Privatmaschine bereits auf sie wartet. Nach einer kurzen, angenehmen Reise kommen sie am Flughafen in Frankreich an und werden, wie erwartet, von Thomas Leuten in Empfang genommen, die sie zum Hafen bringen.

Lena ist total aufgeregt. Nicht nur, dass sie mit einem Privatflugzeug reist, sondern auch, dass sie gleich eine riesige Yacht betreten wird! Das hätte sie sich niemals erträumen lassen. Als Vitali ihr Zimmer verlassen hat, hat sie noch einmal über seine Worte nachgedacht. Sie kann sich noch immer nicht vorstellen, dass Viktor sie einfach weggeben wird. Sie spürt, dass er sie auf jeden Fall auch mag und hat das Gefühl, dass er ihre Nähe wirklich genießt.

Aber darüber kann sie sich auch immer noch Gedanken machen, wenn sie wieder zurück ist. Jetzt will sie die Sonne und Wärme genießen. Als sie im Auto sitzt und die vielen, weißen Häuser an ihnen vorbei ziehen, kann sie am Horizont langsam das türkisfarbene Meer erkennen, das in der Sonne glitzert. Das Auto kommt am Steg zum Halten, die Türen werden geöffnet und Lena sieht Thomas im weißen Anzug vor ihr stehen. Er lächelt und freut sich, dass sie da ist.

«Hallo Lena, wie schön, dass du gekommen bist», sagt er und nimmt sie herzlich im Empfang.

Er drückt ihr links und rechts ein Küsschen auf die Wange und führt sie dann zu seiner Yacht.

Es ist noch größer, als sie es sich ausgemalt hat und sie kann sich gut vorstellen, wie sie die nächsten Tage an Deck verbringen wird und sich in ihren neuen Bikinis darauf sonnt.

«Gefällt es dir?», fragt er, als er sie über das Boot begleitet und ihr alles zeigt.

«Ja, es ist großartig!», sagt sie begeistert.

«Ich zeig dir dein Zimmer!»

Er führt sie eine schmale Treppe nach unten und Lena muss sich am Geländer festhalten, weil es hin und her schaukelt. Dann öffnet er die Tür und dahinter kommt ein kleines Zimmer mit einem großen Doppelbett zum Vorschein. Es ist recht spärlich eingerichtet, verfügt neben dem Bett noch über einen Schrank und einem kleinen Badezimmer mit einer Dusche und einer Toilette.

«Nicht so groß wie das Zimmer bei Viktor, aber du wirst dich wahrscheinlich eh an Deck aufhalten», sagt er und sagt den Männern mit Lenas Gepäck, dass sie es dort abstellen können.

Sie laufen wieder nach oben und er zeigt ihr den Sitzbereich, das Sonnendeck und den Whirlpool.

«Wann legen wir ab?», fragt sie interessiert und Thomas blickt auf seine goldene Uhr.

«Wenn die anderen Gäste da sind», antwortet er und schaut auf den Parkplatz, wo ein paar Autos zum halten kommen.

Verwundert guckt sich Lena um.

Welche anderen Gäste?

Sie ist davon ausgegangen, dass sie unter sich bleiben. Sie folgt seinem Blick und kann sehen, wie mehrere Frauen aussteigen. Sie sind wie die Frauen, die Lena damals bei Viktor im Büro gesehen hat. Alle haben lange Haare, gemachte Brüste und Fingernägel und stolzieren im kurzen Kleid und mit hohen Highheels den Steg entlang. Plötzlich kommt sich Lena total fehl am Platz vor, als sie diese makellosen Frauen betrachtet, die aussehen wie aus einem Katalog.

Strahlend widmet sich Thomas den Frauen und begrüßt sie alle nacheinander. Sie sprechen Russisch miteinander, so dass Lena kein Wort versteht. Sie stellen sich Lena nicht vor, beachten sie nicht mal, sondern laufen nacheinander auf das Boot und stellen ihre kleinen Taschen ab.

«Legen wir heute Abend noch mal an, wenn die uns wieder verlassen?», fragt sie verwundert, als sie das fehlende Gepäck bemerkt.

«Nein, die Damen werden uns die nächsten Tage begleiten», sagt Thomas und begrüßt eine Gruppe bestehend aus Männern in seinem Alter.

Jeder einzelne stellt sich bei Lena vor, die lüsterne Blicke von ihnen kassiert. Plötzlich fühlt sie sich nicht mehr ganz so wohl und zweifelt daran, ob sie die vielen Kleider und Bikinis überhaupt benötigt.

Sie bemerkt, dass sich Vitali neben sie stellt und ebenfalls die Neuankömmlinge beobachtet.

«Wer sind diese Menschen?», fragt sie ihn.

«Das ist wohl der erste Teil seiner Gäste», antwortet er.

Der erste Teil?

Sollen da etwa noch mehr kommen?

Verwundert schaut sie ihn an.

«Thomas veranstaltet regelmäßig Partys auf seiner Yacht, die über Tage gehen. Er lädt ein paar Prostituierte ein und viele seiner Geschäftspartner. Auf dem Wasser kann man die lautesten Partys feiern, ohne dass sich die Nachbarn beschweren», sagt er und beobachtet Lenas Reaktion.

Die hat wirklich nicht damit gerechnet, dass so viele Leute anwesend sein werden, sondern hat gehofft, dass es ein kleiner, ruhiger Urlaub wird. Vor allem von den anderen Frauen ist sie überrascht. Wieso hat er dann überhaupt sie gefragt, ob sie kommen will, wenn auch Profis dabei sind?

Sie lässt sich auf eine Bank an Deck nieder und greift nach einem Sektglas, das ihr ein Kellner anbietet und wartet gespannt auf den weiteren Verlauf.

Es wird immer voller und mehr und mehr Gäste betreten das Boot. Lena hat sich inzwischen umgezogen und liegt jetzt mit ihrem neuen, roten Bikini an Deck, um sich zu sonnen bis Thomas auf sie zukommt.

«Der steht dir wirklich gut, Lena. Komm, ich mache dich bei den anderen Gästen bekannt», sagt er und hilft ihr hoch.

Sie folgt ihm und ihr wird nach und nach jeder seiner Geschäftspartner vorgestellt, von denen fast zwanzig an Bord sind.

Zufrieden mustern sie Lena, schauen immer wieder an ihr hoch und runter und sagen dann etwas auf Russisch, was sie nicht versteht.

«Sie sagen, dass du hübsch bist», erklärt Thomas jedes Mal, aber sie ist sich nicht so sicher, ob es vielleicht nicht doch etwas anderes bedeutet.

Kurz danach legt das Boot endlich ab, was mit jeder Menge Champagner gefeiert wird. Die Kellner verteilen sie großzügig an die Frauen, an Lena und natürlich auch an Thomas Geschäftspartner.

Lena beobachtet, wie sich die Frauen nach und nach ausziehen und nackt auf ein Podest klettern, um dort miteinander zu tanzen.

«Die Party beginnt. Mach mit!», fordert Thomas sie auf und zieht sie von ihrer Liege herunter.

Unsicher fummelt Lena an ihrem roten Bikini herum. Die Frauen da oben haben alle gemachte Brüste. Da geht sie mit ihren natürlichen kleinen Brüsten doch total unter, weswegen sie sich nicht von Ort und Stelle bewegt.

«Was ist?», hakt Thomas nach und sie erinnert sich wieder an Viktors Worte und dass sie keine Probleme bekommt, wenn sie nur macht, was Thomas sagt. Also zieht sie sich den Bikini aus und klettert zu den Frauen nach oben, um zusammen mit ihnen zu tanzen.

Die scheinen aber nicht sehr angetan von Lena zu sein, versuchen sie immer wieder runter zu schubsen oder sie ganz nach hinten zu drängen, bis sie runter fällt und erstmal am Boden liegt.

Keiner der betrunkenen Männer hat das mitbekommen, allerdings hat Vitali die ganze Zeit ein Auge auf sie geworfen und eilt ihr schnell zu Hilfe.

«Alles gut?», fragt er und legt schnell ein Handtuch um Lenas nackten Körper.

«Ja, danke. Das gibt wahrscheinlich nur einen blauen Fleck», sagt sie und reibt sich die Seite.ö

Sie bleibt mit Vitali hinter dem Podest sitzen. Hier werden sie weder von den Frauen, noch von den Männern gesehen und beachtet.

«Das habe ich mir hier irgendwie anders vorgestellt», gesteht sie und denkt an die vielen Bikinis, die noch in ihrem Koffer warten. Davon wird sie wahrscheinlich keinen mehr brauchen.

«Viktor hat dir das wahrscheinlich auch anders verkauft», erwidert Vitali. Sie hören, wie die Musik lauter gedreht wird und sich das Podest hinter ihnen leert.

Benutzt

«Was passiert jetzt?», fragt Lena verwundert und dreht sich um.

Sie kann die Frauen nicht mehr sehen und steht verwundert auf.

«Ah, da bist du ja!», ruft Thomas, als er Lenas Kopf entdeckt.

«Komm her!»

Lena folgt etwas widerwillig, als sie sieht, dass die Frauen noch immer nackt zusammen auf dem Boden liegen. In einem Kreis haben sich die Männer um sie herum gestellt und schauen gierig auf sie hinab.

Einer der Männer ruft etwas auf Russisch, woraufhin sich eine der Frauen bewegt und sich zwischen die Beine einer anderen Frau kniet und beginnt sie mit ihrer Zunge und den Fingern zu befriedigen.

«Mach mit», sagt Thomas zu Lena, die das Handtuch ablegt und langsam in den Kreis geht.

Die Frauen haben sie doch eben schon nicht akzeptiert, wieso sollte sich das jetzt ändern?

Lena ist sich unsicher, was sie jetzt machen soll und wartet auf eine Anweisung durch die Männer. Plötzlich zeigt jemand mit dem Finger auf sie und deutet dann auf eine andere Frau, die nur genervt schaut.

Dann streckt er die Zunge aus, deutet wieder auf Lena und wieder auf die andere Frau.

Sie weiß, was er damit meint und robbt langsam auf die schwarzhaarige Frau zu, die sich auf den Rücken legt und die Beine öffnet. Lena blickt auf ihre rasierte Muschi und versucht sich zu konzentrieren. Bisher hat sie noch nie eine Frau geleckt, ist aber schon immer neugierig darauf gewesen. Sie hält sich an ihren Oberschenkeln fest, senkt ihren Kopf tiefer und beginnt dann mit der Zunge über ihren Kitzler zu fahren, was sofort ein Zucken bei der Frau verursacht.

Lena macht weiter, zieht ihre Zunge einmal durch ihre Spalte und berührt dann wieder ihre empfindliche Perle, der sie noch etwas mehr Aufmerksamkeit widmet. Immer wieder berührt sie ihren Kitzler mit der Zungenspitze, leckt drüber und beginnt dann daran zu saugen, was die Frau noch heftiger zum Stöhnen bringt.

Lena merkt, dass der Frau gefällt, was sie macht und findet langsam immer mehr Gefallen daran. Sie wird mutiger, dringt mit der Zunge in die inzwischen vollkommen nasse Muschi ein und fickt sie damit ein wenig. Die Hände der Frau liegen inzwischen auf Lenas Kopf und drücken sie immer heftiger gegen ihren Schritt, damit sie bloß nicht aufhört.

Wieder kümmert sich Lena um ihren Kitzler, leckt intensiv und fester darüber bis sie spürt, dass der ganze Körper der Frau bebt und sich ihre Bauchmuskeln immer mehr anspannen. Sie weiß, dass sie kurz davor ist zu kommen und macht immer weiter, bis die Frau zusammenzuckt und laut stöhnt.

Erst dann lockert sie ihren Griff an Lenas Kopf und lässt sie wieder los. Strahlend schaut sie Lena an und nickt. Dann schreit einer der Männer etwas auf Russisch und eine andere Frau greift nach Lena. Sie wird auf den Bauch gedrückt, während ihr Arsch nach oben gezogen wird. Sie sieht, wie Beutel an die Frauen verteilt werden und fragt sich, was darin enthalten ist, bis sie etwas hartes, glattes an ihrer Muschi spürt, das tief in sie gedrückt wird. Erst dann kann sie sehen, wie die Frauen bunte Dildos aus den Beuteln ziehen und einer bereits in ihr steckt.

Gnadenlos wird er in sie geschoben, wieder rausgezogen und wieder reingedrückt bis Lena keucht und stöhnt. Auf einmal wird der Dildo wieder komplett entfernt und sie spürt ihn nun an ihrem Arsch. Sie versucht sich zu entspannen und kurz darauf wird er ihr auch schon bis zum Anschlag reingedrückt, was sie erneut aufstöhnen lässt.

Mit dem gleichen Tempo wie eben wird nun ihr Arsch gefickt und sie kann sehen, wie die Männer, die anfangs noch um sie herum standen, immer näher kommen und ihre Hosen öffnen. Nach und nach führen sie eine der Frauen aus der Mitte, die sich dann um die echten Schwänze der Männer kümmern muss, statt weiterhin mit den Plastikprügel zu hantieren. Auch Lena zieht die Aufmerksamkeit von zwei Männern auf sich, die sie auffordern aufzustehen. Sie will den Dildo entfernen, aber sie ermahnen sie im gebrochenen Deutsch, dass der erst noch an Ort und Stelle bleiben soll.

«Du mitkommen», sagt der Größere der Beiden und führt sie an eine ruhigere Stelle an Deck.

Sie beobachtet, wie sich die Beiden ausziehen und blickt auf ihre großen, harten Schwänze, die vor Geilheit bereits tropfen. Lena hält immer noch den Dildo fest, der in ihrem Arsch steckt, als einer der Männer sie auf den Boden drückt, damit sie vor ihm kniet. Er hält ihr seinen Schwanz entgegen und sofort weiß sie, dass er will, dass sie ihn jetzt bläst. Langsam leckt sie über seine nasse Spitze, bevor sie ihn dann tief in ihren Mund einführt, so wie Viktor es ihr gezeigt hat. Währenddessen stellt sich der andere Mann hinter sie, zieht den Dildo ein Stückchen raus, um ihn dann wieder komplett in sie zu schieben und das einige Male zu wiederholen. Lena spürt, wie er ihn tief in ihren Arsch drückt und dann selber seinen harten Schwanz an ihrer nassen Muschi reibt. Mit einem kräftigen Stoß schiebt er ihn dann tief in ihre Pussy und fickt sie zusammen mit dem Dildo.

Lena will aufstöhnen, aber der Schwanz in ihrem Mund hinter sie daran, der sich immer tiefer in ihren Hals bohrt.

Immer fester stößt der Mann hinter ihr zu und drückt ihr mit jedem Stoß auch noch den Dildo tief in ihren Arsch. Aus dem Augenwinkel kann sie sehen, dass sich noch mehr Männer um sie herum versammeln und die beiden Männer auf Russisch anfeuern. Die werden daraufhin noch schneller und nur wenig später spürt sie, wie ihr warmes Sperma in die Muschi gespritzt wird und der Mann sich wieder zurückzieht. Allerdings nur, um einem anderen Mann den Vortritt zu lassen, der den Dildo aus ihrem Arsch zieht und dafür in ihre Pussy stopft. Dann setzt er seinen harten Schwanz an ihrem gedehnten Arsch an und drückt ihn tief in sie. Er beginnt sie sofort mit heftigen Stößen zu ficken, während auch der Dildo jedes mal raus und wieder reingedrückt wird.

Lena hat immer noch mit dem Prügel in ihrem Mund zu kämpfen, der sich jetzt rhythmisch raus und rein bewegt. Sie hört ihn stöhnen, spürt seinen festen Griff an ihrem Kopf und schmeckt nur wenig später sein Sperma in ihrem Mund. Auch er zieht sich schnell wieder zurück, um einem anderen Mann zum Zug lassen zu kommen.

Vitali steht derweil in der Nähe und beobachtet alles ganz genau. Er kann kaum mit ansehen, wie Lena von den vielen Männern benutzt wird, muss aber um jeden Preis vermeiden, dass es Videoaufnahmen von ihr gibt, weswegen er Lena und die Männer immer im Auge behält. Aber alle scheinen so geil darauf zu sein, das neue Mädchen zu ficken, dass keiner an Aufnahmen oder Fotos denkt.

Dann kommt Thomas und scheucht die Männer plötzlich von ihr weg.

«Freunde! Wir haben noch drei Tage! Ihr kommt alle noch dran!», sagt er und hilft Lena auf.

Vitali kann sehen, dass ihre Schminke zerlaufen, ihr Kinn voller Sperma ist und sie vor Erschöpfung zittert. Er führt Lena unter Deck direkt in sein Schlafzimmer. Fluchend bleibt Vitali vor seiner verschlossenen Tür stehen.

Weiter wird er nicht kommen.

Thomas reicht Lena ein Handtuch und schickt sie in die Dusche, um sich die Spuren der letzten Stunden vom Körper zu waschen. Sie hat aufgehört mitzuzählen und hat keine Ahnung, von wie vielen Männern sie eben durchgenommen wurde. Aber sie fühlt sich kraftlos und erschöpft. Ihr Hals, ihr Arsch und ihre Muschi brennen und sie hat das Bedürfnis sich hinzulegen und zu schlafen. Aber beim Anblick von Thomas, der sich zwar um sie kümmert, sie dabei aber mit einem lüsternen Blick anschaut, weiß sie, dass es dazu nicht kommen wird. Mit wackeligen Beinen steigt sie in die Dusche und lässt das heiße Wasser auf ihren Körper prasseln. Sorgfältig wäscht sie sich den Luftsaft der Männer aus den Haaren und von der Haut, bis sie sich in ein flauschiges Handtuch hüllt und zurück zu Thomas kehrt, der erwartungsvoll auf dem Bett sitzt.

«Geht es dir wieder besser?», fragt er und Lena nickt.

«Schön. Es hat mir gefallen, dir dabei zuzugucken, wie dich die anderen Männer gefickt haben. Hat dir das auch gefallen?», fragt er, aber Lena ist sich nicht sicher. Sie hat sich benutzt gefühlt und ist damit überfordert gewesen, dass so viele Männer sie anfassen und ficken wollen. Lust hat sie dabei nicht empfunden. Spaß auch nicht. Aber sie kann ihm keine Widerworte geben, weswegen sie nickt.

«Habe ich es mir doch gedacht. Du bist ein gutes Mädchen», lobt er sie, aber dieser Lob erfüllt sie nicht so sehr mit Stolz wie der Lob von Viktor.

Wieder muss sie an Vitalis Worte denken und daran, dass sie verkauft werden könnte und nicht mehr zurück zu Viktor kehrt. Dann würde sie dieses Gefühl von Stolz nie mehr spüren und sich nur noch fühlen wie jetzt und das war irgendwie leer und benutzt.

Sie schaut Thomas an, der noch immer auf dem Bett sitzt und eine deutlich sichtbare Beule hat.

«Setz dich auf den Stuhl», fordert er sie auf. Noch immer recht kraftlos lässt sich Lena auf den harten Stuhl neben ihr nieder.

«Mach das Handtuch auf.»

Lena löst den Knoten und lässt beide Enden auf den Boden sinken, so dass sie nackt vor ihm sitzt.

«Stütz deine Beine auf dem Stuhl ab und winkel sie an.»

Wieder macht sie, was er sagt und beobachtet, wie er näher tritt. Ihre Beine sind nun weit geöffnet und er kann alles sehen.

«Sehr schön», kommentiert er und schiebt seine Hand in seine Hose, um seinen Schwanz zu massieren.

Er steht nun direkt vor Lena, geht ein wenig auf die Zehenspitzen, während er seine Hose runterzieht, so dass ihr Gesicht auf der Höhe seines Schwanzes ist, den er ihr jetzt tief in ihren Hals drückt. Mit den Händen hält er ihren Kopf fest und sich selbst an der Stuhllehne, um sie mit aller Kraft in den Hals zu ficken.

Es dauert nicht lange, bis ihr sein Sperma am Kinn herunter läuft und auf ihre Brüste tropft.

Dann klopft es an die Tür und zwei von Thomas Freunden kommen herein.

«Oh genau richtig!», begrüßt er die beiden, breit gebauten Männer.

Zufrieden grinsen sie, als sie Lena auf dem Stuhl sitzen sehen.

«Ja, ich habe das extra für euch vorbereitet», sagt er grinsend und zeigt auf Lena wie auf einen Kuchen, den er extra gebacken hat. Sie kommt sich billig vor und möchte den Raum am liebsten wieder verlassen, weiß aber, dass sie lieber gehorchen sollte.

Also steht sie auf, als Thomas das von ihr verlangt und geht vor den beiden Männern vor die Knie, die sich daraufhin die Hosen runter ziehen. Sie soll mit ihren Händen ihre schlaffen Schwänze bearbeiten, bis die sich aufrichten und anschließend mit dem Mund weitermachen.

Einer der Männer zieht sie hoch und drückt sie mit dem Oberkörper über den Stuhl, um sich hinter sie zu stellen. Ohne Vorwarnung drückt er ihr seinen harten Prügel in den Arsch und beginnt sie mit kräftigen Stößen zu ficken, während er drei Finger tief in ihre brennende Muschi schiebt.

Lena keucht und stöhnt vor Schmerzen, sie krallt sich an der Lehne fest und hofft, dass der Mann bald fertig ist und entdeckt dann den nächsten harten Prügel direkt vor ihrem Gesicht.

Wieder wird er ihr tief in den Hals geschoben und so lang gefickt, bis sich ihr Mund mit warmem Sperma füllt.

Genau so schnell wie die beiden eben gekommen ist, ziehen sie sich wieder zurück und Lena bleibt mit Thomas zurück. Während ihr so etwas mit Viktor immer Spaß gemacht hat, weil sie ihn damit beeindrucken und für sich gewinnen wollte, fühlt sie sich jetzt nur noch wie eine Sexpuppe, die man hervorkramt, wenn man Lust darauf hat und zum Spielen an andere ausleiht. Das kann sie unmöglich noch die nächsten Jahre ertragen. Eigentlich möchte sie das nicht mal mehr einen Tag oder eine Woche mitmachen, sondern lieber direkt verschwinden.

«Kann ich gehen? Ich habe Hunger», sagt sie und erntet dafür einen überraschten Blick von Thomas.

«Eigentlich sage ich dir, wann du gehen darfst und wann nicht. Aber du hast Glück. Ich bin fertig mit dir. Geh!», sagt er streng.

Sie bindet sich das Handtuch wieder um und öffnet dann die Tür, um zurück aufs Deck zu gelangen.

Dabei trifft sie auf Vitali, der vor Thomas Zimmer auf sie gewartet hat.

«Oh hallo», sagt sie und freut sich ehrlich ihn zu sehen.

«Ich wollte gerade nach dir suchen. Können wir kurz reden?», sagt sie geheimnisvoll und guckt sich dann um.

Sie verziehen sich weiter in den Gang und hoffen, dass sie hier nicht erwischt werden.

«Ich habe noch einmal über deine Worte nachgedacht und wahrscheinlich hast du Recht. Ich will fliehen. Ich ertrage das nicht mehr. Wenn mich Thomas oder einer der Männer noch mal anfassen, raste ich komplett aus», sagt sie, was Vitali nicht überrascht.

Er weiß wie anstrengend und fordernd diese Aufenthalte auf Thomas Yacht sind, obwohl das erst der Anfang war.

«Wir können nicht so schnell fliehen, Lena. Wir brauchen einen Plan», sagt er und sieht in ihr gequältes Gesicht.

Sie hat heute schon einiges mitgemacht und die folgende Nacht wird sicher noch schlimmer, aber es gibt keine Möglichkeit das

Schiff zu verlassen, wenn es mitten auf dem Meer schwimmt.

«Kannst du mich dann wenigstens von den Männern fernhalten? Und von Thomas?», fragt sie ihn verzweifelt.

Er kann nichts versprechen, versucht es aber.

Sie setzt sich auf den kalten Stahlboden, weil ihre Kraft nachlässt. Erschöpft lehnt sie sich gegen Vitali, der sich ebenfalls zu ihr auf den Boden setzt. Er nimmt sie in den Arm und merkt, dass sie zittert. Er streichelt über ihren Arm und drückt sie gegen seine Brust, damit sie sich kurz ausruhen kann. Tatsächlich schließt sie die Augen und schläft für einen Moment ein. Als sie nach wenigen Minuten wieder aufwacht, spürt sie die Wärme und Nähe von Vitali. Sie fühlt sich bei ihm wirklich sehr geborgen und dreht ihren Kopf in seine Richtung. Er erwidert ihren Blick sofort und ganz langsam nähern sich die beiden, bis ihre Lippen aufeinandertreffen und sie einen leichten, aber zärtlichen Kuss miteinander austauschen.

«Ich werde dich retten», verspricht Vitali ihr, als sie sich wieder voneinander lösen und sich Lena erneut an seine Brust lehnt.

Kaum als sie die Augen wieder geschlossen hat, hören sie, wie Lenas Name gerufen wird.

Sie schrecken auf und schnell zieht Vitali sie wieder hoch, als er Schritte in dem dunklen Gang hört.

«Ich habe sie gefunden!», ruft er dann und zieht Lena hinter sich her, um keine weitere Aufmerksamkeit zu erregen.

«Gut. Thomas sucht sie», sagt einer seiner Mitarbeiter und führt Lena an Deck, wo Thomas mit einer Videokamera steht und auf die Frauen draufhält, die damit beschäftigt sind, sich um die vielen Schwänze der Mitarbeiter des Bootes zu kümmern.

Nicht nur Lena wird ganz mulmig bei dem Gedanken, dass er sie beim Sex filmen will, sondern auch Vitali.

«Versprich ihm irgendeine Privat-Show oder so», flüstert er Lena zu, die beobachtet, wie eine Frau gleich von fünf Männern gleichzeitig genommen wird.

Sie dreht sich nach der Frau um, die sie vorhin noch geleckt hat und tritt dann auf Thomas zu.

«Möchtest du nicht lieber sehen, wie ich die wunderschöne Frau da vorne ficke?», fragt sie ihn und legt noch eins drauf. «Das wäre mein erstes Mal mit einer Frau. Du könntest der Erste sein, der das zu Gesicht bekommt.»

Das macht Thomas hellhörig. Er weiß, dass das eine einmalige Gelegenheit ist, die er sich nicht entgehen lassen sollte.

«Gehen wir», sagt er, legt die Kamera zur Seite und ruft die Frau zu sich, die Nathalie heißt. Die befreit sich aus den Händen von vier jungen Männern und folgt Thomas und Lena.

Thomas öffnet erneut die Tür zu seinem Schlafzimmer und kramt etwas aus seinem Schrank hervor.

«Benutz das», sagt er zu Nathalie, die einen großen Strap-On aus einer Tasche hervor holt. So etwas hat Lena bisher weder gesehen, noch benutzt und schaut fasziniert zu, wie sie die elastischen Riemen auseinander fummelt und dann wie in einen Slip in das Teil hinein schlüpft. Der große Plastikschwanz steht steil von ihrem Schambein ab und schaut Lena erwartungsvoll an. Sie muss sich selbst eingestehen, dass sie der Anblick irgendwie anmacht.

Lena tritt auf Nathalie zu und geht dann vor ihr auf die Knie. Sie greift nach dem Dildo und führt ihn zu ihrem Mund, um ihn mit ihrer Zunge zu befeuchten. Anschließend lässt sie ihn tief in ihren Hals gleiten und kann aus dem Augenwinkel sehen, dass Thomas sehr gefällt, was sie macht und immer näher kommt.

«Tiefer», sagt er, woraufhin Nathalie Lena am Kopf festhält und den Prügel noch ein bisschen weiter in sie hinein schiebt, bis sie würgt und ihr die Tränen kommen.

«Fick sie», fordert Thomas Nathalie dann auf, die den Plastikschwanz wieder aus Lena heraus zieht und zuschaut, wie die sich aufrichtet und auf dem Bett platziert. Sie geht auf alle viere und positioniert sich so, dass Thomas von der Seite beobachten kann und ganz genau sieht, wie Nathalie mit dem Plastikprügel in sie eindringt.

Die kniet sich nun hinter Lena, führt den Schwanz an ihre inzwischen nasse Muschi und dringt mit einem festen Stoß in sie ein, was Lena unwillkürlich zum Aufstöhnen bringt. Nathalie beginnt sofort sie mit harten und schnellen Stößen zu ficken und zum ersten Mal hat Lena das Gefühl, dass sie vielleicht zum Höhepunkt kommen wird.

«Mach, dass sie kommt», sagt Thomas und steht nun dicht neben den Beiden.

Nathalie wird noch etwas schneller und führt jetzt ihre Hand um Lena, um sie am Kitzler zu berühren und ihn zu reiben. Sie merkt, wie sich ihr ganzer Körper anspannt und weiß, dass der Höhepunkt nicht mehr lange auf sich warten lässt. Sie konzentriert sich auf die harten Stöße, auf das Reiben und dann spannt sie ihren Unterkörper an und lässt den heftigen Orgasmus zu. Laut stöhnt sie auf, krümmt sich zusammen und spürt noch stärker, wie Nathalie den Dildo in sie stößt.

«Ja… sehr schön», lobt Thomas sie und deutet Nathalie an, dass sie aufhören kann.

Erschöpft lässt sich Lena auf das Bett fallen und schnappt nach Luft. Sie hätte nicht erwartet, dass sie dabei kommen würde.

«Jetzt sie», sagt Thomas und zeigt mit seinem Finger erst auf den Strap-On und dann auf Nathalie, die vorsichtig aus den Gummiriemen steigt.

Verwirrt betrachtet Lena das Spielzeug in ihrer Hand und versucht, die Bänder zurechtzulegen. Langsam erkennt sie, wo ihre Beine rein müssen und legt sich das Teil an. Sie zieht die Bänder noch etwas fester, weil sie schmaler als Nathalie gebaut ist und den Dildo so besser kontrollieren kann. Sie bewegt ihr Becken hin und her, lässt den Schwanz wackeln und stellt sich dann vor Nathalie, die sich bereits auf den Boden gekniet hat und darauf wartet, dass Lena sie nun fickt.

Die hält ihr nun den Schwanz hin und schaut zu, wie sie mit der Zunge daran leckt und ihn tief in ihrem Mund verschwinden lässt. Es ist seltsam so etwas aus dieser Position zu sehen, aber sie kann sich gut vorstellen, wie geil es Männer machen muss, wenn sie dabei zusehen können, wie die Frau an ihrem Prügel lutscht.

«Tiefer», sagt Thomas erneut und will, dass Lena Nathalie am Kopf festhält, um den Schwanz noch fester in sie zu stoßen.

Sie findet auf einmal Gefallen an dieser Rolle und drückt Nathalie den Plastikprügel tief in ihren Rachen, um dabei zuzuschauen wie sie zuckt und versucht weiterhin den Mund weit aufzulassen. Sie mag es, dass sie Nathalie so in der Hand hat und kontrollieren kann. Sie beginnt langsam ihr Becken vor und zurückzubewegen, um sie mit dem Schwanz tief in den Hals zu ficken, während die ihre Finger fest in Lenas Arsch vergräbt.

«Fick sie jetzt», hört sie Thomas sagen und ist schon fast ein bisschen enttäuscht, dass sie sich von diesem geilen Anblick losreißen muss.

Sie zieht den langen Prügel aus ihr heraus und guckt zu, wie sie sich auf dem Bett positioniert und ihr den Arsch entgegenstreckt. Mit der Spitze des Dildos fährt sie langsam über Nathalies Loch und drückt ihn dann kräftig in sie hinein, was sie nun ebenfalls zum Aufstöhnen bringt. Dann bewegt sich Lena mit ihrem Becken vor und zurück und versucht mit jedem Stoß schneller zu werden. Dabei krallt sie sich fest an Nathalies schmaler Hüfte und hört, wie die bei jedem Stoß laut aufstöhnt.

«Schneller», sagt Thomas, der sich nun selbst den Schwanz wichst und erregt dabei zuschaut, wie Lena Nathalie mit dem Strap-On fickt. Noch schneller und härter drückt Lena ihr jetzt den Prügel in ihre nasse

Muschi und spürt, dass auch Nathalie daran Spaß hat und sich ihr Körper immer mehr anspannt.

«Das auch», sagt Thomas plötzlich und schmeißt einen kleineren Dildo aufs Bett, den sich Lena verwundert anguckt.

Was soll sie damit?

«In meinen Arsch», flüstert Nathalie und Lena versteht jetzt, was er meint.

Sie hört auf sie zu ficken, lässt den Prügel aber tief in Nathalies Muschi und befeuchtet den kleinen Dildo mit ihrer Spucke, bevor sie ihn dann vorsichtig in Nathalies Arsch schiebt, ihn festhält und sie dann im gleichen Tempo weiterfickt.

Sie spürt, wie Nathalie durch den zusätzlichen Dildo zappelt und sich ihr Körper immer heftiger anspannt. Das Gefühl, jetzt mit beiden Schwänzen gefickt zu werden, muss unglaublich intensiv sein. Thomas steht nun direkt neben den beiden und wichst seinen Prügel immer schneller. Lena hört, wie er lauter atmet und seinen Blick weiterhin auf Nathalies Arsch gerichtet hält. Noch ein paar Mal stößt Lena kräftig zu und hört dann Nathalies tiefes Stöhnen und spürt, wie sie zuckt und kommt.

Nur wenig später sieht sie, wie Thomas Saft sich auf Nathalies Arsch verteilt und er stöhnend neben ihr steht.

«Sehr gut», sagt er und fordert die beiden Frauen auf, ihn alleine zu lassen.

Lena nutzt die Gelegenheit, um endlich etwas zu essen und sich dann in ihre Kabine zurückzuziehen, vor Vitali bereits auf sie wartet.

«Ich habe einen Plan», sagt er und schaut sich nervös um.

Sie gehen in Lenas Zimmer, schließen die Tür hinter sich und Vitali erzählt ihr, dass er von Thomas Sicherheitsmännern erfahren hat, dass sie einen alten Freund an der Küste besuchen. Der besitzt eine recht abgeschottete Villa auf einem Hügel, in der Vitali bereits schon einmal gewesen ist. Er kennt Leute in der Nähe und hat bereits jemanden kontaktiert, der ihnen helfen wird.

«Wir müssen nur einen günstigen Moment abpassen, in dem wir uns unbemerkt rausschleichen können. Thomas wird nicht nur dich mitnehmen, sondern auch noch zwei andere der Frauen. Du musst es nur schaffen, dass er dich für einen Augenblick alleine lässt und dann schnell mit mir aus dem Haus verschwinden. Die Villa wird nicht bewacht und es gibt keinen Zaun, weil sowieso nie jemand vorbei kommt. Das ist also die ideale Gelegenheit», sagt er aufgeregt.

Lena nickt nur, hört ihm aber kaum richtig zu, weil sie so müde ist und einfach nur noch schlafen will. Daher schläft sie wenig später ein, während Vitali ihr den Plan erklärt. Sie wird schon früh genug herausfinden, wie es morgen danach weitergehen soll.

Als sie aufwacht, sitzt Vitali noch immer neben ihr und scheint im Sitzen eingeschlafen zu sein. Sie fühlt sich noch immer müde, aber ein bisschen erholter als gestern. Als sie durch das kleine Fenster guckt, kann sie sehen, dass die Sonne bereits aufgegangen ist und auch, dass Vitali ebenfalls aufgewacht ist.

«Erklärst du mir den Plan noch mal?», sagt sie und schnell erläutert er ihr das Vorhaben.

«Du schleichst dich raus, ich warte vor dem Haus auf dich und dann laufen wir zu meinen Freunden, die hinter einem der Hügel mit dem Auto auf uns warten. Keine

Sorge. Ich vertraue ihnen und sie schulden mir noch einen Gefallen. Du musst keine Angst haben. Danach fahren wir zu weiteren Freunden von mir, die bereits Kontakt mit der Polizei in Deutschland aufgenommen haben. Die sind gerade auf dem Weg nach Frankreich und werden vor Ort sein, um dich in Empfang zu nehmen und sicher wieder zurück nach Deutschland zu bringen», erzählt er und Lena hört aufmerksam zu.

«Und was ist mit Viktor? Und mit dir?», fragt sie.

«Ich werde als Kronzeuge aussagen und die Polizei über seine Machenschaften aufklären. Er hat gute Männer, schmiert viele wichtige Leute in Russland, die ihn wahrscheinlich schützen werden. Aber ich weiß auch viel und habe in den letzten Tagen einige Beweise gesammelt. Es wird riskant, weil ich mir nicht sicher sein kann, dass er danach auch wirklich eingesperrt wird, aber wir müssen es einfach versuchen», sagt er und Lena guckt ihn besorgt an.

Wenn er Viktor verraten sollte, dann wird er seine Männer auf ihn loslassen, die ihn mit großer Wahrscheinlichkeit finden und umbringen werden.

«Das können wir nicht riskieren», erwidert sie daher.

«Doch. Wir müssen es riskieren, um dich hier raus zu holen. Oder willst du weitere Jahre mit Thomas verbringen, bis du ihm zu alt wirst und dann wie ein ungeliebtes Spielzeug weggibt?», fragt er und Lena sieht sofort ein, dass er Recht hat. Es entsteht eine kurze Stille zwischen den Beiden, die Lena dazu nutzt, um ihn zu umarmen.

«Danke, dass du das für mich machst», sagt sie, guckt ihn an und küsst ihn.

Er erwidert den Kuss, hält sie noch etwas stärker fest, bis sie sich wieder lösen.

«Ich hab dich hier rein gebracht und werde dich auch wieder hier rausholen», sagt er entschlossen und steht dann auf.

«Wir müssen los», meint er, während er aus dem kleinen Bullauge schaut und sieht, dass sie den Hafen langsam erreichen.

Lena zieht sich ein weißes Kleid über, während Vitali draußen auf sie wartet und die Beiden wenig später zusammen mit

Thomas, den beiden Frauen und seinen Sicherheitsleuten das Boot verlassen.

Direkt am Hafen warten bereits zwei Fahrer auf sie, die sie ohne Umschweife zu der Villa von Thomas Freund bringen.

Beeindruckt schaut sich Lena um, als sie das Haus auf dem Hügel sieht. Es bettet sich perfekt in die malerische Landschaft ein, wird tatsächlich nicht durch einen Zaun von der Umgebung begrenzt und ist genau so, wie sie sich all die Villen der Reichen vorgestellt hat, die sich nun im warmen Südfrankreich zurückgezogen haben.

Thomas greift nach ihrer Hand und zieht sie hinter sich her, um ihr den Besitzer des Hauses vorzustellen.

«Lena, das ist Jakob», sagt er und deutet auf einen großen Mann in den 50ern, der einen weißen Leinenanzug trägt und damit perfekt zu seinem weißen Haus passt.

«Hallo Lena. Schön, dass du da bist», begrüßt er sie herzlich und führt sie und den Rest der Gruppe in sein Haus.

«Ich habe Frühstück auf meiner Terrasse vorbereitet», sagt er, geht dabei durch den großzügigen Flur und das riesige

Wohnzimmer, um durch eine Glastür auf die Terrasse zu gelangen, die einen direkten Blick auf das türkisblaue Meer zulässt.

«Wow», sagt Lena und blickt sich sprachlos um.

Jakob hat eine große Tafel vorbereitet, auf der sich bereits sämtliche Leckereien stapeln. Frisches Obst, Brötchen, Croissants, Käse, Wurst und noch viel mehr.

«Sitz neben mir», sagt Jakob und platziert Lena direkt neben sich, während er am Kopfende Platz nimmt.

Er will alles über sie wissen und fragt nach dem Frühstück, ob sie sich nicht zusammen mit ihm in seinem Schlafzimmer im oberen Stockwerk zurückziehen möchte. Sie stimmt zu und fragt vorher laut und deutlich, ob sie noch das Badezimmer aufsuchen kann, damit Vitali es hören kann und sich ebenfalls vorbereitet. Sie hofft, dass es sich im Erdgeschoss befindet und sie sich dann durch das Fenster aus dem Haus schleichen kann.

«Das Bad ist gleich um die Ecke. Ich warte oben auf dich», sagt er und deutet auf eine weiße Tür.

Erleichtert huscht Lena in den Raum, während Vitali mit einem Vorwand nach draußen eilt und sieht, dass es ein großes Fenster gibt, was sie ungehindert öffnen kann.

«Ich bin hier unten», hört sie Vitali von der anderen Seite flüstern und nimmt all ihren Mut zusammen, streckt erst das eine Beine aus dem Fenster, dann das nächste und stützt sich dann ab, um in dem stacheligen Busch unter ihr zu landen. Vitali fängt sie auf, hält sie fest und zieht sie dann hinter sich, um sich schnell hinter einem der Hügel zu verstecken.

«Wir müssen da vorne hin», sagt er leise und zeigt auf einen 100m entfernten Punkt.

Lena ist froh, dass sie sich für ihre leichten Turnschuhe entschieden hat, als sie die holprige Strecke bis zum Auto zurücklegen.

«Steig schnell ein», ruft Vitali. Kaum dass sich die Tür geschlossen hat, fährt der Fahrer auch schon los.

Flucht

«Das hat schon mal geklappt», sagt der Beifahrer und dreht sich grinsend zu Lena um. «Ich bin Johann und das ist Alex.»
Er deutet auf den Fahrer, der zum Gruß mit dem Kopf nickt. Er beschleunigt das Tempo, sobald sie die asphaltierte Straße erreichen und Vitali schaut sich immer wieder panisch um.
«Sie werden gleich bemerken, dass wir nicht mehr da sind», sagt er, woraufhin Alex das Tempo noch einmal anzieht bis sie in den normalen Straßenverkehr gelangen und er wieder langsamer fahren muss.
Sie erreichen ein unscheinbares Gebäude, Alex lässt sie raus und parkt dann das Auto ein Stückchen weiter weg, damit keiner sie entdecken kann.
Zusammen mit Johann gehen sie durch einen Hintereingang und gelangen in ein herunter gekommenes Gebäude. In den Fluren platzt der Putz von der Decke und die Tür, die Johann öffnet, quietscht fürchterlich.

Kaum als sie den Raum betreten, springen vier Polizisten hoch und starren die drei an.

«Ist sie das?», fragt einer und guckt Lena an. Die ist seit der Flucht total überfordert, zittert und fühlt sich wie in einem Traum. Alles zieht verschwommen an ihr vorbei und erst jetzt realisiert sie, dass die Polizisten akzentfrei Deutsch mit ihr sprechen und die typische blaue Uniform tragen.

Einer der Männer kramt einen Zettel hervor, auf dem ein Bild von Lena abgedruckt ist. Wahrscheinlich haben ihre Eltern das der Polizei gegeben, als sie als vermisst gemeldet wurde. Der Gedanke an ihre Eltern versetzt ihr einen Stich. Sie hat nie daran gedacht, was für große Sorgen sie sich machen müssen. Er vergleicht Lena mit dem Mädchen auf dem Foto und nickt.

«Sie scheint es wirklich zu sein. Kannst du uns deinen Namen verraten?», sagt er und reißt sie damit aus ihren Gedanken.

«Ich heiße Lena Heitmann», sagt sie und der Beamte nickt. «Passt auch. Kannst du uns erzählen, was passiert ist?»

Er lässt Lena Platz nehmen und sie fängt mit der ganzen Geschichte an. Wie sie damals im

Restaurant Vitali und seinen Bruder gesehen hat, wie sie nach der Arbeit von ihnen abgefangen wurde und wenig später in einem Zimmer in Viktors Haus aufgewacht ist und er sie gefangen gehalten hat.

«Und dieser Mann hat dich also entführt?», sagt er und deutet auf Vitali.

«Ja, aber er hat mich auch gerettet», antwortet sie, als einer der Männer Handschellen zückt und sie Vitali anlegen will.

«Wir müssen ihn trotzdem festnehmen. Aber darum musst du dir keine Sorgen machen. Wir bringen dich jetzt erstmal hier raus und dann zurück nach Deutschland. Du willst sicherlich deine Familie wiedersehen», sagt er und sie beobachtet wie die Tür aufgeht und ein französischer Beamter hereinkommt, um Vitali mitzunehmen.

«Nein, nicht!», ruft sie noch und steht auf, um ihn festzuhalten.

Sie kann nicht zulassen, dass er ihr jetzt einfach weggenommen wird.

Aber Vitali beruhigt sie.

«Wir werden uns sicherlich wiedersehen», sagt er, woraufhin Lena ihre Arme um ihn schlingt und noch einen letzten Kuss gibt.

Kurz darauf wird sie von den deutschen Beamten zum Flughafen geführt und nach Deutschland geflogen.

«Deine Eltern sind informiert. Sie warten am Flughafen auf dich. Du kannst dich erstmal erholen, aber wir werden dir in den nächsten Tagen noch einen Besuch abstatten, um ein paar Aussagen gegen Viktor, Vitali und seine restlichen Männer zu machen. Der steht schon ziemlich lange auf unserer Liste», informiert sie einer der Polizisten, aber Lena hört kaum noch zu, weil sie immer wieder an Vitali denken muss.

Er hat sein Leben für sie riskiert, nur um jetzt hinter Gittern zu landen? Die wissen doch gar nicht, wie er wirklich ist.

«Wir sind da», wird sie erneut von einem Beamten unterbrochen und steigt aus, um in das wartende Flugzeug zu steigen, was sie zurück zu ihrer Familie bringt.

Die sind natürlich total aufgebracht und erleichtert, als sie Lena in Deutschland in Empfang nehmen. Ihre Mutter weint, als sie endlich das Gesicht ihrer Tochter erblickt und auch ihr Vater kann sich nicht zusammenreißen und vergießt ein paar Tränen.

«Wir haben uns solche Sorgen gemacht», sagen sie immer wieder, während sie von einem Beamten nach Hause gebracht werden.

«Ihr Haus wird rund um die Uhr bewacht und auch du solltest dich nicht mehr ohne Begleitschutz aus dem Haus wagen. Es kann sein, dass Viktor seine Männer schicken wird, um nach Vitali zu suchen. Verrat wird bei solchen Menschen natürlich nicht gerne gesehen», erklärt der Beamte Lena und ihren Eltern.

«Ich bin müde», sagt sie dann und läuft nach oben in ihr Zimmer.

Es ist immer noch so unwirklich, dass sie jetzt wieder zurück ist und sie kann noch nicht realisieren, dass sie Viktor und seinen Männern entkommen konnte.

Auch die nächsten Tage sind wie ein merkwürdiger Traum. Ihre Eltern haben ihre Freunde informiert, dass Lena zurück ist und nach und nach wurde sie von allen besucht, während zwei Polizeibeamte rund um die Uhr vor dem Haus stehen. Sie hat sich noch mehrfach nach Vitali erkundigt, aber keiner

konnte ihr Auskunft dazu erteilen. Auch über
Viktor weiß sie nicht mehr.

Zuhause

Es vergehen Wochen, bis sich Lena wieder an
ihr altes Leben gewöhnt hat. Sie geht wieder
zur Uni, hat aber die Arbeit im Restaurant
aufgegeben. Sie wird noch immer von einem
Beamten überall hin begleitet und denkt mit
jedem Tag weniger an ihre Entführung, aber
es vergeht kein Tag, an dem sie nicht an
Vitali denkt. Sie fragt sich, was er macht und
wie es ihm geht. Sie würde gerne Kontakt zu
ihm aufnehmen, weiß aber nicht wie.

Die Polizei rät ihr davon ab, nach ihm zu
suchen, kann ihr gleichzeitig aber auch nicht
sagen, was mit ihm passiert ist.

«Die französischen Beamten mussten ihn
zurück nach Russland bringen. Und was da
passiert ist, weiß keiner», sagen sie ihr nur
immer wieder.

Lena hat die Hoffnung inzwischen
aufgegeben, dass sie ihn jemals wieder sehen
wird, bis es eines Abends plötzlich an der Tür
klingelt.

Verwundert öffnet ihr Vater, während Lena
oben an der Treppe stehen bleibt, um zu

sehen, wer es ist. In den letzten Wochen ist es nicht vorgekommen, dass jemand geklingelt hat, weil der Beamte vor dem Haus jeden Gast abgefangen und dann angekündigt hat.

«Hallo, ich würde gerne Ihre Tochter sehen», hört sie eine tiefe, männliche Stimme mit russischem Akzent sagen.

Sofort stürmt sie die Treppen runter und blickt dann in Vitalis überraschtes Gesicht, als sie ihm und den Hals fällt.

«Oh Gott sei Dank geht es dir gut!», sagt sie, während er sie festhält und er mit der Einverständnis ihres Vaters und des Beamten ins Haus eintritt.

«Viktor wurde festgenommen. Ich konnte meinen Bruder überreden, ebenfalls gegen ihn auszusagen und mit all den Beweisen, hat es dann gereicht. Er wird auch so schnell nicht mehr freikommen», erklärt er sein plötzliches Auftreten.

«Aber ich bin frei. Und mein Bruder auch. Und du auch», ergänzt er und wieder fällt sie Vitali um den Hals, um ihn zu küssen.

Ihr Vater lässt sie alleine, um mit dem Beamten vor dem Haus zu reden, um sich zu vergewissern, ob wirklich alles vorbei ist.

Lena zieht Vitali hoch in ihr Zimmer und will wissen, was danach passiert ist. Sie erfährt, dass er sich mit den Beamten einen Plan überlegt hat, um auch seinen Bruder da raus zu holen, weil Viktor natürlich davon ausgegangen ist, dass der ebenfalls mit drin steckt. Zum Glück konnte er Viktor aber davon überzeugen, dass er nichts damit zu tun hat. Da wurde er aber bereits von Vitali kontaktiert, um zusammen mit ihm eine Razzia zu planen, bei der nicht nur Viktor, sondern auch viele seiner Geschäftspartner hochgenommen wurden.

«Und dann ging alles ganz schnell und jetzt bin ich hier», sagt er und strahlt Lena glücklich an.

Sie küssen sich noch einmal und Lena fängt an über seinen Körper zu streicheln. Sie fährt mit ihren Fingern über seine starken Arme, seinen muskulösen Rücken, während sie ihn langsam auszieht. Ganz zärtlich berührt er auch sie, küsst sie am gesamten Körper, bevor sie sich dann auf ihr Bett legen und sich eng aneinandergeschmiegt weiter küssen.

Lenas Hand wandert in Vitalis Schritt und sie beginnt seinen Schwanz liebevoll zu massieren, bis sie sich aufrichtet und sich auch noch von ihren letzten Klamotten befreit, um sich ganz langsam auf ihn zu setzen.

Vorsichtig dringt er in sie ein, schaut ihr dabei die ganze Zeit in die Augen und hält sie an ihrer Hüfte fest. Sie beugt sich zu ihm nach vorne, küsst ihn noch einmal, bevor sie dann ihren Kopf an seine Schulter legt und langsam ihr Becken vor und zurückbewegt.

Sie verharren für einen langen Moment in der gleichen Position, bis Vitali sie festhält und auf den Rücken dreht, um zwischen ihre Beine zu knien.

So viel Nähe hat Lena schon lange nicht mehr zugelassen, aber sie genießt jede einzelne Sekunde davon. Vitali nimmt Lenas Hand, hält sie fest, während er weiterhin sein Becken gegen ihres drückt und somit langsam zum Höhepunkt bringt.

Ihre Atmung und ihr Herzschlag werden schneller, ihr Stöhnen lauter und sie spürt, wie sich ein intensiver Orgasmus in ihr zusammenbraut. Noch ein paar Mal stößt Vitali in sie, bis sie gemeinsam kommen und sie sich schwer atmend an seinem Rücken festhält.

Grinsend schauen sich die Beiden an und können kaum glauben, dass das endlich passiert ist. Wie lang hat sich Vitali auf genau diesen Moment gefreut.

Sie bleiben noch lange ineinandergeschlungen im Bett liegen, bis sie irgendwann einschlafen.

Am nächsten Tag eröffnet Vitali Lena, dass er sein Studium zu Ende bringen will, um endlich seinen Wunsch wahr werden zu lassen und als Lehrer arbeiten zu können.

«Hier in der Stadt gibt es ein paar hervorragende Schulen», sagt sie in der Hoffnung, dass er bei ihr bleibt.

«Ich weiß. Und eine würde mich gerne einstellen», antwortet er mit einem breiten Lächeln. «Es muss doch jemand auf dich aufpassen.»

Überglücklich fällt sie ihm um den Hals und kann ihr Glück gar nicht fassen. Niemals hätte sie damit gerechnet, dass ihr Leben vielleicht doch noch so verlaufen wird, wie sie es sich immer vorgestellt hat.